AF258550